철부지

이 세상 모든 철부지들을 위한 시

PADORI 감성 시집

철
부
지

철부지가
사랑을 이해하면서
인생을 깨닫게 되는 이야기

생각나눔

목차

2부 사랑

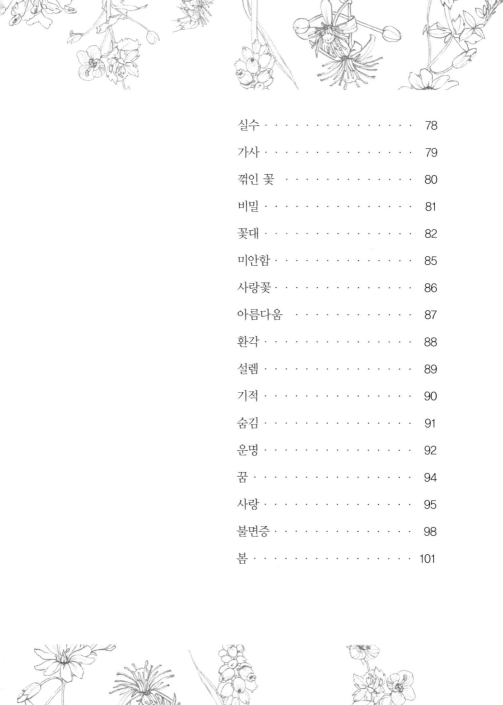

3부 인생

Prologue

매 순간
너무나 무서웠다

내가 과연 할 수 있을까

이 생각이
나를 끊임없이 괴롭혔고 힘들게 만들었다

솔직히 말하자면

천 길 낭떠러지 절벽 바로 앞에
서 있는 느낌마저 들었다

하지만

너무 하고 싶어서
하지 않으면 후회할 것 같아서

난 결국 해보기로 했다

그렇게
아무것도 없는 허공에 발을 내디디면서

무작정 믿기로 했다

내 앞에
아름다운 유리 다리가 생길 거라고

1부

철부지

바보같이
항상 시간이 지나고 나서야 알게 된다

당시의 내가
철부지였다는 걸

그래도 조금씩 느낀다

철없던 시절의
철없는 말과 행동들 덕분에
지금의 내가 존재할 수 있다는 것을

오히려 이젠
여전히 철부지인 나에게 감사함마저 느낀다

덕분에 순수한 열정을 유지한 채
살아갈 수 있기 때문이다

아무쪼록 이 시들은
지금도 좌충우돌 부대끼며 살아가고 있는

이 세상
모든 철부지들에게 바친다

애늙은이

어릴 땐
다들 나를 보고 애늙은이라고 불렀지

아이일 때는
아이라는 것이 너무 당연해서

오히려
아이처럼 행동하는 게 싫었나 봐

그런데
정말 신기하게도 사람들은

언제부턴가 나를 철부지라고 부르더라

그저
희망을 얘기하고 항상 꿈을 꾸며

고민이 없는 척
웃으려고 애썼을 뿐인데

그게
철없는 아이처럼 보였나 봐

혼밥

내 말이
점점 돌아오지 않았어

불러도
나를 전혀 돌아보지 않더라

어제까진
나를 친구로 생각하던 아이들이

하나둘씩 나를 멀리하더라

내 잘못이라면
갑자기 그들보다 결과가 좋아졌을 뿐인데

그 후
나는 밥을 항상 혼자 먹게 되었지

그 외로움과
서러움 때문이었을까

언제부턴가
밥을 먹을 때마다 항상 배가 아프더라

덕분에 난

평생 밥을 빨리 먹을 수 없는
사람이 되고 말았어

눈물

처음이었어

모든 걸 포기하고 오로지
하나만 바라보고 그토록 노력했는데

어떤 말도 위안이 되지 않았어

그저 나도 모르게
자꾸만 부모님 앞에서 고개를 숙이고 있었지

미련이 너무 컸던 탓일까

정든 친구들과
눈물의 이별까지 했음에도 불구하고

나는 또다시
실패를 하고 말았어

무작정 집에서 뛰쳐나온 나는
우연히 비어있는 건물 하나를 보았어

그렇게 울고
또 울고 밤새도록 계속 울었어

정말 처음 알았어
눈물이 마르지 않을 수도 있다는 걸

골병

친구 덕분에
시작된 또 하나의 꿈

매일 저녁
나는 그 꿈을 위해 노력하곤 했어

무모한 짓이어서 그랬을까

몸이
점점 아프기 시작했지

견디다 못해 방문했던 병원의 의사는
나에게 몇 마디를 했어

왜 이제야 왔냐고

설령 회복해도
다시는 예전의 몸 상태로 돌아갈 수 없을 거라고

어쩐지

언제부턴가 숨이 금방 차고
아무리 약을 먹어도 몸이 나아지지 않더라

바보같이 그제야 알았어
참기만 하면 나만 골병든다는 걸

돌아이

언제부턴가
사람들은 나를 돌아이라고 부르기 시작했어

처음엔 상처받았지만

결국
스스로 돌아이가 될 수밖에 없었지

그래야
더 이상 비난하지 않았거든

그렇게 난

원래
이상한 놈인 것처럼 말하고 행동하면서

나 자신을
최대한 포장하고 치장하기 바빴지

정말
어쩔 수 없었어

돌아이가 되어야지만

죽기 전에
해보고 싶었던 것들을 해볼 수 있었으니까

냄새

오늘도 맛있는
땅콩 과자 냄새가 사거리를 채워

하지만 난
구태여 그 냄새를 외면한 채 걷곤 했어

특히
그 냄새 근처에 아무도 없어서

의기소침한 표정을 한 채
홀로 덩그러니 사거리에 놓여있는 모습을 보면

너무 마음이 아파서
차마 그곳을 바라볼 수가 없었어

철없던 시절엔
심지어 그 모습을 부끄러워하기까지 했지

하지만 이젠 알아

그토록 외면하곤 했던
그 냄새 덕분에

내가
지금까지 살아있을 수 있었다는 걸

부탁

어느 날 갑자기
할머니가 나에게 애원하듯이 요구했어

손자에게
큰절을 한번 받고 싶다고

나는 곧 명절이 다가온다는 이유로
한사코 거절하고 가버렸지

그렇게 몇 주 후
빛바랜 사진 하나를 보게 되었어

뒤늦게
무릎이 닳도록

그토록 원하시던 큰절을
수도 없이 하고

무덤 앞에 내내 매달려 봐도
전혀 소용이 없더라

정말 몰랐어

할머니의 절박한 애원이
영영 들어줄 수 없는 부탁이 될 줄은

빛나던 별

별처럼
밝게 빛나던 사람이 있었지

그 사람의 손이 되고
그 사람의 발이 되고자 노력했어

그 사람의 입이 되고
그 사람의 사람들까지 챙겨주려고 노력했지

다들 미쳤다고 했지만
나는 미친 나 자신마저도 즐겼어

하지만

나의 마음과는 상관없이
난 가증스럽고 역겨운 인간이 되고 말았지

그렇게

나의 모든 진심과 정성은
거짓말처럼 순식간에 가식이 되었어

그래도
난 후회하진 않아

내 인생에서
가장 열정적이던 순간이었으니까

한숨

오랜만에
혼자서 노래를 부르다가

문득
창밖을 바라봤어

별 걱정 없이
그저 행복해 보이는 수많은 사람들

문득 그런 생각도 들더라

왜 나만
이렇게 힘든 걸까

웃기 싫어서 안 웃는 게 아냐
웃을 일이 없어서 그럴 뿐

한숨을 쉬고 싶어서 쉬는 게 아냐
나도 모르게 한숨이 나올 뿐

나에게는 대체

언제쯤
안도의 한숨을 쉴 수 있는 날이 올까

멘티

어느 날
한 소녀를 보았어

자신에게 실망한 채 울고 있던 그 소녀

나는 그 소녀에게
용기를 주기 위해 말해줬어

빨간불로 바뀔 것 같아도
있는 힘껏 뛰어서 횡단보도를 건너면 된다고

그 이후 나는 기적을 보았어

위태위태한
빨간불인 줄만 알았던 그 소녀가
서서히 녹색불로 바뀌는 걸 보았거든

사람들의
농담 섞인 비웃음은 전혀 개의치 않았어

나로 인해

그 소녀의 인생이 조금씩
바뀌는 것 자체가

큰 보람이자 행복이었으니까

포기

잘 되고 있냐는 말에
아무런 대답을 하지 않았어

대답을 할 수 없었다는 말이 맞지

몇 통의 전화와
몇 개의 긴 문자마저 끝내 외면했어

그렇게 버티던 난
결국 정신이 붕괴되고 말았지

정말
살기가 싫더라

나의 모든 걸 포기하고 싶었지만

차마 인생마저
포기할 용기는 안 나더라

그러다
나중에 알게 되었어

부모님은
나와는 비교도 되지 않을 만큼

인생을
포기하고 싶은 순간들이 많았다는 걸

패배자

세상에서
내게 가장 상처를 주는 사람은

오히려 가족이었어

그들은

단 몇 마디만으로
나의 모든 생각을 멈추게 만들고

하염없는 눈물과 함께

내 모든 꿈을
포기할 수밖에 없게 만들고

내 모든 이상을
그저 헛된 뜬구름 잡기로 만들어 버렸지

가장
마음이 아팠던 건

그들 덕분에

내가
패배자가 되어 버렸다는 거였어

철부지

난 그저
행복해지고 싶었을 뿐인데

부모님에게

민폐를 끼치지 않기 위해
열심히 살았을 뿐인데

집안을 일으켜 세우기 위해
계속 노력했을 뿐인데

마음이
시퍼렇게 멍들고

매일

수백 번, 수천 번
세상에서 사라지고 싶은 순간들을

겨우 참고
버티며 살아왔는데도

결국

이 모든 것들이
철부지 짓이 되어 버리더라

농구

매주 한 번씩
농구를 하다 보니

신기한 점
하나를 알게 되었어

너무 애를 쓰면
오히려 잘 안 들어가고

정작 무심하게

마음을 내려놓고 슛을 던지니
미친 듯이 들어가더라

슛을 던지기까지
얼마나 올곧은 자세를 유지했느냐

오히려 그게 더 중요했어

가장 중요한 건
공이 내 손을 떠나려고 할 때

아무런
미련이 없어야 한다는 거

인형

나는 인형을 참 좋아해

어릴 때부터
인형을 안고 자야 잠을 잘 수 있었지

인형을 좋아하는 이유는
다른 게 아니야

인형은

내가 오늘 무슨 일이 있었든
내 기분이 어떻든

나만 보면
귀엽고 천진난만한 미소로 반겨주거든

영원할 것만 같던
그 누군가와의 순간들이

결국 전부 한순간이 되어버려도

인형만은
언제나 내 옆에 있었어

그래서 나는 인형을 정말 좋아해

작은 아이

내 안엔
영원히 늙지 않는 작은 아이가 있어

그 아이는 정말 겁이 많아

얼핏 보면
그 아이는 누구에게나 다정하고 착해 보여

하지만 사람들은 잘 몰라

너무나 약하고 외로운
내 안의 작은 아이를 숨기고 싶을수록

더욱
다정하고 착하게 군다는 걸

머리가 점점
하얘지기만 하는 그 아이는

언제부턴가
미소라는 가면을 항상 쓰고 있어

그 가면이 없으면

불안해하는
자신을 숨길 수 없으니까

상처

잠들기 전마다
나는 간절하게 기도를 해

제발
나에게 용기를 달라고

솔직히
매일 너무나 두렵고 무서워

이러다가

또
헛걸음을 내디디면 어떡하지 하는 걱정에

아무리
기대를 안 하려고 노력해봐도

어쩔 수 없이 실망하더라

그렇게 받은 상처는
익숙할 만도 한데 항상 새롭게 아프더라

내가 만약
괜찮다고 말한다면

그건
이미 상처를 받았다는 뜻이야

생각

처음엔
생각이 나도 큰 의미가 없었어

그저
호기심 정도에 불과했지

그래도 묵묵히
마음을 써 주곤 했어

왜냐하면
외로울 거라는 걸 알고 있었으니까

그러던 어느 날
고맙게도 고맙다고 하더라

그때부터
며칠에 한 번씩 생각이 나기 시작했어

그렇게 점점
매일 생각이 나기 시작했지

그러다 알게 되었어

언제부턴가
항상 그 생각을 하고 있다는 걸

용기

나는
알고 있어

꿈을 버리지 않고
간직하는 게 얼마나 어려운지

특히

나이를 먹을수록
그 순수함을 유지하는 건 정말 힘들어

왜냐하면

수많은 사람들의
손가락질을 견뎌내야 하거든

만약 누군가가
여전히 꿈을 위해 노력하고 있다면

이렇게 말해주고 싶어

넌 이 세상에서
가장 용기 있는 사람이니까

꿈을 포기하지 말라고

노란 고양이

어느 날
노란 고양이를 봤어

처음엔
나를 보자마자 어디론가 사라지곤 했지

그래서 일단 밥을 줘봤어

그러자
조심스레 나에게 다가오더라

이제는
나를 믿는 건가 싶은 반가운 마음에

다가가려 하고
손을 뻗어 만지려고 하니

소스라치게 놀라면서
다시 도망치더라

그때부터 난

무심하게 밥만 챙겨주고
구태여 다가가려고 하지는 않았어

그렇게 몇 달이 지났을 무렵

나는 여느 때와 같이
아무 말 없이 밥을 주고 있었지

그러다 문득
고양이의 신비로운 눈빛을 느끼게 되었어

예전보단 조금 더 가까이
예전보다 조금 더 친근한 눈빛으로

나를 빤히 바라보고 있더라

그러거나 말거나
밥을 주고 물을 따르다 보니

드디어
고양이가 다가오더라

물론 밥을 먹고
물을 마시러 온 거지만

가까이에서
그 모습을 내가 지켜보고 있어도

더 이상 도망치지 않더라

그때 알게 되었어

언젠간 내가
고양이를 쓰다듬어 줄 날이 올 거라는 걸

주인공

우리는
어쩌면 모두 배우일지도 몰라

인생이라는 연극에서
연기를 하는

그런데
이 연극에 대본이라는 건 없어

그래서

대부분의 사람들은
누군가 정해놓은 대본대로 연기하곤 해

그렇게

자기 자신의 인생임에도
조연으로 살고 있지

하지만 난
그러고 싶지 않아

무대가 어떻든
관객이 얼마나 오든

내 인생의 주인공은 나여야 하니까

후렴구

가까워질수록
그만큼 점점 무섭고 두려워져

자꾸만
더 소중해질까 봐

이러다 멀어지면
그만큼 마음이 더 아플까 봐

거리를 두지 않으면

결국 상처를 주고받을 거라며
나 자신을 질책하곤 했지

그러던 어느 날

꿈속에서
나를 외면하면서 멀어지는 모습을 보았어

왠지
마음 한구석이 너무 아프더라

그때부터
나는 후렴구를 반복하듯

어느새
계속 같은 마음을 흥얼거리고 있어

부모님

정말
당연한 줄 알았어

힘들지 않은 줄 알았어
태연하게 버티길래

눈물이 없는 줄 알았어
아무렇지도 않길래

하지만
언제부턴가 점점 작아 보이더라

그리고 힘들어 보이더라

그러던 어느 날
바보같이 그제야 깨달았지

내가
그들을 돌봐줘야 할 때가 왔음을

그렇게
점점 와닿기 시작했어

이들과
이별해야 할 시간이 다가오고 있다는 걸

겁쟁이

말투와 행동을
넌지시 관찰하면서

귀신처럼
타인의 의도를 파악하는

그런 내가
도무지 마음을 읽을 수 없는 단 한 사람

그건 바로 나 자신

사실
알 수 없는 건 아니야

난 이미 내 마음을 알고 있어

다만

자꾸 본심이 아닌 다른 마음을
내 마음이라고 믿을 뿐

그렇게 오늘도

나는
겁쟁이처럼 스스로를 속이기만 해

그릇

내 마음은
여전히 아이인데

언제부턴가
다들 나보고 어른이라고 하더라

예전과
같은 행동을 하고 같은 말을 하는데

이젠 그러면 안 된대
넌 어른이니까

받아들일 생각도 없었고

받아들일
준비조차 되어있지 않았던 그들만의 그릇

그 그릇은
나에게는 너무나도 버거웠어

어떻게 채워야 하는지도 전혀 몰랐지만

눈물을 흘리고
세월도 흘리다 보니

나도 모르게
그릇이 조금은 채워져 있더라

인정

정말 어렵더라
실패를 인정한다는 건

인정해 버리면

마치 내가
인생을 잘못 산 것처럼 느껴져서

그렇게 나의 뜻과 노력
그 모든 것들을 스스로 부정하는 거 같아서

아무리 힘들어도

초라해진
자신을 인정하는 건 차마 할 수 없었지

그런데
시간이 지나고 보니

한 가지는
정말 인정할 수밖에 없더라

그 모든 것들은

결국
나의 선택 때문이었다는 걸

힘듦

예전엔
힘들다는 말을 하기가 너무 힘들었어

나약해 보일까 봐
가족들이 걱정할까 봐

이런저런 이유로
말 못 할 고민들이 쌓여 갔지

그런데
정말 힘들어서 힘들다고 힘겹게 말해봐도

대부분은
그 말에 큰 관심이 없더라

사실

힘든 건 너의 잘못이 아니야
힘들다고 얘기하는 것도 잘못이 아니지

그러니
정말 힘들면 말해도 돼

너무 힘들다고

보랏빛 꽃

어느 날
아무것도 없던 화분에 핀 꽃 하나를 보았어

이제 겨우 꽃봉오리를 피어 올린 듯한
보랏빛을 지닌 꽃이었지

처음엔
그다지 관심이 없었어

오래전부터
심고 싶었던 사과나무 씨앗을 심기 바빴거든

그러던 어느 날

그 꽃이 나에게 물어보더라
뭘 심었는지 말이지

하지만 난 알려주지 않았어

당시의 꽃은
나에게 그 정도의 의미는 아니었으니까

그런데 점점 느꼈어
그 꽃만이 지닌 은은한 믿음의 향기를

그래서 고민 끝에
나만의 사과나무 씨앗을 심었다고 말해주었지

그러다 눈이 내리던 날
꽃 주위를 날아다니는 나비를 보았어

꽃을 위해 물을 주려고 하면
왠지 나비가 상처를 입을 것만 같았지

그래서 할 수 없이
먼발치에서 눈치만 보고 있었어

그래도
덕분에 알게 되었어

꽃에 대한
나의 마음이 진심이라는 걸

난 알고 있어

꽃은 가지려 하면 시들고
꺾으려 하면 향기를 잃어버린다는 것을

그리고

애정이 넘쳐서 매일 물을 주면
오히려 죽는다는 것도

그래서 난

가끔 물을 주고 거름도 주면서
넌지시 챙겨주려고 해

그렇게
묵묵히 바라보다가

외로워하면
슬쩍 다가가서 마음을 헤아려 주고

비바람이 너무 거칠면
살며시 막아주면서 보살펴 주려고 해

그 자체만으로 고귀하고 우아한
보랏빛 꽃이 성장하는 걸 돕고 싶으니까

난 정말 알고 있어

꽃은 자신에게 한결같은 사람을
바라보기 시작한다는 걸

왜냐하면
꽃이 깨닫게 되거든

저 사람 덕분에

모진 풍파들을 견뎌내고
자신이 만개할 수 있었다는 것을

그 언젠가
이 말을 해줄 날이 오길 바라

넌 내 인생의 선물이라고

한 마디

어쩌면

내가 바랐던 건
아주 단순한 것이었을지도 몰라

그동안 혼자

묵묵히 아무 말 없이
그 힘겹던 나날들을 버텨줘서

정말 고맙고 수고했고
지금까지 너무나 잘해왔다는 그 말

그런데
정말 무심하게도

아무도 나에게

그 쉬운 말 한 마디
해주지 않더라

나는

그 한 마디면
정말 더 이상 바랄 게 없는데

행운

예전엔
내가 운이 없다고 생각했었어

그래서인지
계속 안 좋은 일이 생기곤 하더라

그러다
점점 느끼게 되었어

모든 건
마음가짐에 따라 달라진다는 걸

그래서
내가 운이 좋다고 믿어보기로 했지

그러자

정말 신기하게도
행운이 하나씩 나에게 오더라

그래서 이젠 굳게 믿어

난 세상에서
가장 운이 좋은 사람이라고

2부

사랑

나는
지독한 감정 불구자였다

타인의 감정을
이해할 줄도 몰랐고

굳이 공감하려고 하지도 않았다

어차피 그들이
내 인생을 대신 살아주는 게 아니었으니까

하지만
언제부턴가 알게 되었다

행복하고 싶을수록
오히려 타인을 이해하고 공감해야 한다는 것을

특히
하나를 깨닫게 되었다

이 세상엔 나를 최고의 사람으로
성장시켜줄 단 하나의 감정이 있다는 걸

그것은 바로 사랑

초콜릿

초등학교를
입학하자마자 만난 나의 첫 짝꿍

사실 나에게 그 짝꿍은
악몽과도 같았어

이상하리만큼
나에게 못되게 굴던 그 아이

특히

내가 다른 여자아이들과
얘기하고 있으면 심하게 화를 내곤 했지

그럴 때마다
난 영문도 모르고 맞기만 했어

그렇게 4년 후
갑자기 그 아이가 초콜릿을 주더라

난 고맙다는 말도 하지 않은 채

무덤덤하게
집에 가져와서 나눠 먹었지

누가 줬냐고 물었지만
난 끝내 대답하지 않았어

어차피
그 아이에게 전혀 관심이 없었으니까

정말
이해할 수 없었어

나를
괴롭히기만 하던 아이가

대체 왜 내게 초콜릿을 줬는지

그러다
한참 후에야 알았지

첫 만남 이후
나를 4년 동안 바라보다가

겨우 용기 내서 한 고백이라는 걸

그렇게 뒤늦게 깨달았어

누군가에겐
내가 소중한 첫사랑이었다는 걸

천사

처음엔
나를 보고 천사라고 하더라

그래서
난 언제나 천사이려고 노력했어

그런데

알면 알수록
친해지면 친해질수록

나도 모르게
가끔 악마가 되는 경우가 생겼지

그랬더니 갑자기 그러더라
내가 변했다고

나는 너무나 억울했지

난
정말 단 한 순간도 변한 적이 없었거든

단지
처음부터 천사가 아니었을 뿐

문

어릴 땐
아무 생각 없이 문을 열곤 했어

그래도 상관없었어

어차피 서로
아무 생각 없이 문을 열곤 했으니까

그런데

언제부턴가 나 혼자만 문을 열고
상대는 문을 열지 않더라

심지어
문을 열던 상대가 다시 문을 닫는 경우도 생겼지

처음엔 괜찮았지만

시간이 흐를수록
점점 내 속만 타들어 가곤 했어

덕분에 난 마음의 문을
굳게 닫고 말았지

그 누구도
다시는 내 마음의 문을 열지 못하도록

죄

사랑한다는 건
결국 죄를 짓는 거야

나에게
전혀 마음이 없는 그 누군가의 마음을

억지로 바꾸려고 하면서

결국
그 누군가를 괴롭고 힘들게 만드는 일이니까

사랑 때문에

누군가와 결혼해서
아이를 낳고 기르는 것도

씻을 수 없는 큰 죄를 짓는 거야

이 세상에
태어날 생각조차 하지 않았을 자식들에게

강제로 인생이라는 걸 주면서
삶의 고통을 겪게 하고

죽음이라는
원치 않는 결말을 맞게 만드니까

큐피드의 화살

오늘도

나는 활시위를
계속 당겼다 풀었다를 반복하고 있어

누가 그랬던가
마음을 얻으려면 활을 쏴야 한다고

말은 참 쉬운 법이지

남에게는 활을
과감하게 쏘라는 말을 하면서도

정작 본인들은
평생 활을 제대로 쏴본 적이 없는 경우가 많더라

그들은
아직 잘 모르는 것 같아

큐피드의 화살은

상대를 향해 쐈음에도
나 자신을 과녁 삼아 되돌아와서
나의 심장을 치명적으로 관통할 수 있는

이 세상 유일무이한 화살이라는 걸

무서움

만약
무섭지 않다면

그건 결국 사랑이 아닌 거야

무섭지 않은 사랑도
얼핏 보면 사랑 같지만

결국
오래가지 못하고 상하는 과일과도 같지

누군가를 사랑하면 할수록
무서울 수밖에 없어

상처받는 것도 무섭지만
상처 주는 것도 무섭고

가까워지는 것도 무섭지만
멀어지는 것도 무섭거든

그 중
특히 가장 무서운 건

사랑 때문에
소중한 인연을 영영 잃어버리는 것

바보

누군가가 그랬지
사랑을 하려면 바보가 되어야 한다고

그런데
막상 사랑을 하면

나만 바보가 되는 것 같더라

상대는
여전히 태연하고 아무렇지 않은 것 같은데

왜 그런지
내 마음만 자꾸 아파오더라

그렇게

나만 자꾸 신경 쓰고 나만 힘들고
나만 고민하는 것 같더라

나에게는 왜 이렇게
사랑이 어렵게 느껴지기만 할까

여전히 잘 모르겠어

어떻게 해야
서로 바보가 될 수 있는지

희생

당연하게
느껴질 때가 있었어

나에 대한 그 누군가의 희생이

그러다 드디어
나도 희생을 해야 하는 순간이 왔지

이렇게
힘들 줄은 몰랐어

이렇게
마음 아플 줄도 몰랐지

이렇게
서운할 줄은 꿈에도 몰랐어

그렇게

정말 어리석게도
너무나 뒤늦게 깨달았지

그 희생은
당연한 것이 아니었다는 걸

치유

지나가면
다시는 오지 않는

아니 올 수 없는

시간과 기억
그리고 사람들

잊지 말고 되새기자

아직은 아니라고 통곡해도
기다리다 보면 똑같아질 거야

시간이 지나고 지나면
모든 건 다 지나갈 거야

시간이 지나고 지나면
모든 건 다 잊혀질 거야

마음을 비우고
모든 걸 포기하면 나오는

나의 목소리와 몸짓

시간이 지나고 지나면
모든 건 다 치유가 될 거야

밀당

어느 날

내가 아닌 다른 누군가와
집에 가는 모습을 우연히 보았어

그 순간

매일 긴가민가하며 불안해하던 감정들이
갑자기 서운함으로 폭발해 버렸지

난 아닌 건가
나는 정말 아닌가 보다

나에게 사랑은 그저 사치일 뿐일까
역시 나는 안 되려나 보다

속상한 채 밤새 잠도 못 이루며
다짐하고 또 다짐했어

정말
다시는 상처 받을 짓은 하고 싶지 않다고

다시 원래대로
사랑 따윈 필요 없는 삶을 살겠다고

그 이후

말도 걸지 않았고
눈조차 마주치지 않았지

그렇게

내 마음에서 그 사람이
더 이상 없는 것처럼 행동했어

그 짧은 만남 동안

얼음장보다 훨씬 더 차가운
내 본연의 모습을 보여주게 되었지

그런데

그 이후로도
계속 한 생각뿐이더라

머리는 포기했는데
마음은 왠지 포기가 안 되더라

이러지도
저러지도 못하는 바람에

난 또다시
잠을 이룰 수 없었어

그런데
다음날부터 신기한 일이 생겼지

아니다 싶어서

마음을 비우고 멀어지려고
쌀쌀맞게 굴 때마다

외려

안절부절못하면서
어찌할 바를 몰라 하는 게 보였어

그렇게
어떻게든 내 눈치를 보면서

조심스레
다가오려는 게 느껴졌지

덕분에
하나는 확실히 알게 되었어

나와
완전히 멀어지는 건

정말
싫어한다는 걸

고백

왠지
오늘따라 말하고 싶더라

너를 좋아한다고

뒷일은
이제 정말 모르겠어

난 그저

지금 이 순간
너에게 정말 말하고 싶었어

너는 나에게
그 자체로 정말 소중한 사람이라고

덕분에
너 앞에서 완전히 벌거벗은 느낌도 들지만

그래도 좋은 걸 어떡해

어떻게 생각하든
어떻게 받아들이든

난
진심으로 너를 정말 많이 좋아해

표현

자신이
다 드러나는 부끄러움을 느껴가면서

솔직히
내 마음을 표현했는데

상대는 여전히
나에게 마음을 표현하지 않는 것 같아

왜 그런 걸까

사람마다
표현의 시간이 달라서 그런 걸까

대체 얼마나 걸리는 걸까

그 시간이
과연 오기는 할까

아니
언젠간 표현하기는 할까

아니

나에게
마음을 표현할 생각 자체가 있긴 할까

헷갈림

이렇게 보면
이런 거 같다가도

저렇게 보면
저런 거 같기도 해

여전히 정말 잘 모르겠어

내가 과했던 걸까
오히려 배려해줬던 거 같은데

관심이 부족했던 걸까

하지만
더 이상 잘해주면 부담스러울 거 같은데

이러든 저러든

시종일관 변함없는 모습에
매일 헷갈리기만 해

이쯤 되면
내게 호감이 전혀 없는 게 아닐까

그건 또 아닌 거 같은데

실수

혹시나
실수한 건 아닐까

언제부턴가
말 하나 행동 하나하나가

너무나 조심스럽고 무섭기 짝이 없어

혹시라도
상처를 주거나 부담을 줄까 봐

이러다
갑자기 확 멀어질까 봐

그렇게

연신 이불을 걷어차면서
스스로 부끄러워하던 날도 많았지

그런데 문득
그런 생각이 들긴 하더라

이 세상에

과연
실수 없는 사랑이 있기는 할까

가사

예전엔
그냥 흥얼거리는 단어들에 불과했어

사실
그리 마음에 와닿지도 않았지

그런데 언제부턴가

몇몇 노래들의 가사들이
내 마음에 콕콕 들어박히더라

정말 신기했어

마치
내 마음을 읽기라도 한 것 같았지

그렇게
뒤늦게 느끼게 되었어

이 세상
수많은 사람들이

나와 똑같은 마음을 가진 채

남몰래
가슴앓이를 하면서 살아왔다는 걸

꺾인 꽃

햇살이 따스하던 날

꽃을 돌봐주려고 살짝 건들다가
꽃대를 꺾어버리고 말았어

정말 놀랐어

슬쩍 닿았을 뿐인데도
너무나 연약하게 꺾여버렸으니까

너무 마음이 아파서

작고 작은 유리병을 사서
그 꽃을 꽂아 두었지

덕분에
알게 되었어

이제 막 피어난
한없이 여리고 가녀린 꽃은

내 생각보다도

훨씬 더 소중히 다루고 아껴줘야
비로소 지켜줄 수 있다는 걸

비밀

알고 있니
아마 넌 모를 거야

매일

너와 친해지기 위해
이야깃거리를 준비한다는 걸

아쉽게도
제대로 전하지 못한 말이 너무 많아

왜냐하면

너 옆에만 있으면
자꾸 했던 말만 반복하니까

그리고

정말 말할 수 없는
나만의 비밀 하나가 더 있어

내가 자꾸
힘들어하고 시름시름 앓았던 건

바로 너 때문이라는 걸

꽃대

어머니는
가끔 꽃에 물을 주곤 하셨어

처음엔 관심이 없었지만

꽃들이 너무 예뻐서
나도 모르게 눈길이 점점 가곤 했지

그러던 어느 날

이 꽃이
피려면 얼마나 걸리는 지 아냐고 묻더라

어머니의
대답을 들은 나는 놀라고 말았어

정말 몰랐어

한없이 작고 작은
그 꽃대 하나를 보기 위해

몇 년에 가까운 정성이 필요하다는 걸

덕분에 이해했어

꽃 하나가 피어나는 게
오래 걸리는 것처럼

사람의 마음을 얻는 게
오래 걸리는 건 당연한 일이라는 걸

그러다 나도
꽃을 선물 받아 키우게 되었지

어느 날 보니
꽃잎들이 메말라 있더라

그래서 물을 주기 시작했어

몇 주가 지나자
거짓말처럼 생기를 되찾은 모습에

나도 모르게
입가에 미소가 지어졌지

정말 서서히

하지만
조금씩 나의 정성에 꽃들이 화답하더라

그래서 깨닫게 되었어

하루 동안
피는 꽃은 있어도

하루아침에 피어나는 꽃은
이 세상에 없다는 걸

미안함

지나고 보면

내가
잘해줬던 것보단

못되게
굴었던 기억이 더 남더라

그리고
돌이켜 보면

나를 서운하게 했던 것보단

나를 행복하게
해준 순간들이 결국 추억이 되더라

이 모든 건

너에게
마음이 향했던 나 때문인 것 같아서

언제부턴가

줄곧
미안한 마음뿐이더라

사랑꽃

내가
꽃을 키울 땐

꽃이
나에게 뭔가를 해주길 바라진 않아

내가
꽃을 사랑하는 이유는

다른 게 아니야

꽃은
그 존재 자체가 사랑스럽기에

바라보기만 해도

나를
행복하게 만들어주거든

그래서
난 딱 하나만을 바라

그냥 있는 그대로
사랑스럽게 피어나기를

아름다움

언젠가
어머니가 나에게 그랬었지

이 세상에

꽃보다
아름다운 게 딱 하나 있다고

그것은 바로 사람

처음엔
말도 안 된다며 믿지 않았어

그러던 어느 날

드디어
난 어머니의 말이 맞다는 걸 알게 되었지

정말
꽃보다 아름다운 사람을 봤으니까

그래서 결심했어

나 역시
꽃보다 아름다운 사람이 되자고

환각

진짜
내가 미친 줄 알았어

너와 함께
수줍게 웃을 땐

세상을 다 가진 것처럼
너무 행복하다가도

서운함이
밀물처럼 밀려오던 어느 새벽엔

이러다

죽겠다 싶을 정도로
끝도 없이 우울했으니까

이 와중에
계속 풀리지 않는 환각 증세마저 생겼지

아무리
깨어나려고 발버둥 쳐봐도

네가
이 세상에서 제일 예뻐 보이더라

설렘

언제부턴가
얼굴만 봐도 부끄러워

설령

눈이라도 마주치면
화들짝 놀라서 눈을 피하곤 했지

그러다

순식간에 다시 보고 싶어서
살며시 고개를 들어 쳐다보곤 했어

행여나
단둘이 있게 되면

지금 내가
무슨 말을 하고 있는지도 모를 지경이었지

대체 왜 이러는 걸까

아무리
정신을 차리려고 노력해 봐도

어느새 구름 위를
걷고 있는 기분만 드는 걸

기적

생각해 보면

정말
기적과도 같은 일이야

전혀 다른 자아와
다른 영혼을 지닌 두 사람이

하필
같은 시간 같은 공간에서 만나서

여생을
함께하기로 약속한다는 게

수천 년이 지나고
수백 번을 다시 태어나도

이런 기적이
다시 일어날 수 있을까

만약
나에게도 기적이 일어난다면

숨이 멎는 그 날까지
아낌없이 사랑을 할 거야

숨김

아무리
숨기려고 해도

너의 눈빛은
태양처럼 뜨겁게 타오른 채

별을 쳐다보듯
누군가를 계속 보고 있어

너의 행동은

그 어떤 말보다도 더 확실하게
누군가를 외치고 있지

내가
모를 거라고 생각하지 마

이미 다 알면서도

짐짓
모르는 척하고 있을 뿐

그러니
더 이상 마음을 숨기지 마

이젠 다 느껴지니까

운명

힘든 것도
서운한 것도 조금씩 사라지더라

놀랍게도

너의 행동과 말투가
서서히 이해되기 시작했어

그렇게
점점 느껴지더라

어느새

보이지 않지만 끊어지기 힘든
인연의 끈이 생겼음을

널 처음 봤을 때

지금처럼
될 거라곤 전혀 생각하지 못했지

하지만 이젠

너에게
이렇게 말하고 싶어졌어

넌 내 운명이라고

꿈

항상
꿈을 꾸던 소년에게

다가온 한 소녀

꿈같은 순간이 지나자
소년은 문득 깨닫게 되었지

어느새
소녀가 자신의 꿈이 되었다는 걸

유독 내게는 쌀쌀맞게 굴어서
상처를 받은 적도 있었어

다가가려 하면

자꾸 뒷걸음질 치는 걸 보고
마음 아팠던 적도 있었지

보고 싶었지만
차마 말할 수 없던 때도 있었어

그래도 소년은
꿈을 오래오래 고이 간직하고자 해

꿈은 그 자체로 소중하니까

사랑

너무
진지해도 안 되지만

그렇다고
너무 장난스러워도 안 되는

다가가려 하면
고양이처럼 도망가지만

멀어지려 하면
강아지처럼 불쑥 다가오는

너무
신경 쓰면 안 되지만

그렇다고
너무 무관심해서도 안 되는

너무 많은 걸
바라면 안 되지만

적당한
서운함은 오히려 필요한

보고 싶지만
막상 보면 한없이 수줍기만 한

상처받지만
신기하게도 위안이 되는

너무 힘들지만
그래도 오히려 다시 힘이 되는

어떨 땐
광대가 승천하는 미소를 주지만

또 어떨 땐

가슴이 미어지는 아픔을 주는 바람에
하소연할 수조차 없게 만드는

정말 말하고 싶지만

너무 소중해서
차마 입에 쉽사리 담을 수 없는

영원할 수 없다는 걸 알지만
영원할 거라 믿고 싶은

칠흑 같은
어둠이 가득한 이 세상을

비춰주는
한 줄기 빛처럼 아름답고 소중한

그것은 바로 사랑

불면증

난 너를
좋아하면 안 된다고 믿었어

아직은 어리고 여린

너의 앞길을
가로막을지도 모른다는 생각 때문에

그래서 난
애써 내 마음을 외면해 왔지

계속
스스로에게 되뇌곤 했어

제발 이러지 말자고

어쩌면
나 혼자만의 욕심일지도 모른다고

그러다

너를 향한 내 마음이
어느새 너무 커버렸다는 걸 느꼈지

그 이후
밤잠을 설치는 일이 많아졌어

하루는

나만 좋아하는 게 아닐까 싶어서
불안해서 잠이 들지 못했지

하루는

너무 마음을 표현하다가
멀어질까 무서워서 잠을 못 이뤘어

하루는

괜스레 행복한 상상을 하면서
설레서 잠이 들지 못했지

하루는

자꾸만 어색해지는 날들이
너무 속상해서 잠을 이룰 수 없었어

그렇게

계속 잠을 못 이루다가
결국 앓아누운 후에야 알았어

내가 계속
잠이 들지 못하는 건

너를 사랑하기 때문이란 걸

봄

내 마음은
언제나 겨울이었지

얼음처럼 차갑고 냉랭한
내 마음 때문에

꽃은커녕
마음의 싹조차 자라날 수가 없었어

그러다 우연히
겨울에 피어난 보랏빛 꽃 하나를 보았지

그 꽃은 보면 볼수록

눈을 녹이듯
내 마음을 사르르 녹여버리더라

그래서 난
따스한 물이 되어주었지

덕분에

향기로운 미소를 머금은 채
만개하는 꽃을 보면서 알게 되었어

드디어
내 마음에도 봄이 왔다고

3부

인생

살다 보면

어떻게 해야 할지
모르는 순간이 다가온다

그럴 때마다
어찌할 바를 모르고 혼자 끙끙대곤 했다

아무도
내게 방법을 알려주지 않았기에

하지만

아무리 힘들고 속상해도
어쨌든 나는 다시 일어나야만 했다

여전히

내 숨이 멎지 않고
내 심장이 뛰고 있으니까

이렇든 저렇든

인생은
드라마이자 모험의 연속일 뿐

기침

나는 알아

건강을 잃어버린다는 게
얼마나 무서운 건지

평소엔 전혀 생각도 않던
마지막을 갑자기 생각하게 되거든

그때도 그랬어
기침 하나가 신호탄이었지

그 기침 이후
밤이 다가오는 게 너무 무서웠어

항상 걱정하곤 했지
다음 날 눈을 뜨지 못할까 봐

겨우 잠이 들어도

살아있는지 확인하기 위해
자꾸 잠에서 깨곤 했어

덕분에
다시 되새기게 되었지

건강이
가장 중요하다는 걸

당연

사람들은
너무나 쉽게 모든 걸 당연시해

누군가가
어떤 일을 처음 하면

도와주기도 하고
처음이라며 이해해 주기도 하지

하지만 시간이 지나면

그 일은
당연히 잘해야 하는 일이 돼

그러다 만약
여전히 서툴거나 부족하면

갑자기
호의가 비난으로 바뀌는 경우도 생겨

마찬가지로

누군가가 잘해주면
처음에는 고마워하다가도

호의가 반복되면
당연시하는 날이 생기기도 하지

사실
이 세상에 당연한 건 없어

내가
커피 한 잔을 마실 수 있는 건

그 누군가가
하루를 바쳐 원두를 따기 때문이고

내가
식사를 챙겨 먹을 수 있는 건

그 누군가가

내내 마음 졸이면서
농사를 짓기 때문이거든

결국

내가 지금 평안한 건
누군가가 나 대신 희생하기 때문이야

그래서 다짐했어

작은 것
하나하나도 항상 감사하기로

왜냐하면
당연한 게 아니니까

새순

난 네가
꽃인 줄 알았어

그런데
계속 지켜보다 보니

꽃이라기보다는

이제 막
뿌리를 내리고

돋아나는 새순인 거 같아

사실
새순은 꽃을 당장 피우진 못해

왜냐하면

뿌리를 더 이곳저곳 뻗고
줄기를 더 굵게 하고
잎을 더 많이 키우느라
꽃을 키워낼 여력이 없거든

덕분에 확실히 알았어

꽃이 피어나는 게
왜 그렇게 오래 걸리는지를

채움

만약
상대의 마음을 알고 싶다면

내 마음을
먼저 알아야만 해

나의 마음도
제대로 모르는 사람이

어떻게
남의 마음을 알 수 있겠어

만약 네가
누군가의 마음을 얻고 싶다면

나의 마음에
솔직해져야만 하지

자기 자신을
두려워하는 사람이

어떻게
누군가의 마음을 얻을 수 있겠어

물론 정말
겁이 나는 건 사실이야

내 마음을
들여다본다는 건

아무도 모르는 나만의 상처를

굳이
다시 들춰보는 거니까

그래서
평소엔 마음을 속이곤 하지

하지만 그렇게

자신을 속이면 속일수록
왠지 모를 공허함만 쌓여가더라

덕분에 느꼈어
마음은 혼자서는 채울 수 없다는 걸

그래서 나는
마음을 점점 비우기로 했어

그래야
남의 마음이 나를 채워줄 테니까

느낌

한때는
표현이 중요하다고 생각했어

표현을 하지 않는 건
결국 마음이 없는 거랑 같다고 믿었지

하지만
그런 경우도 있더라

차마 마음을
대놓고 드러낼 수가 없는

덕분에

표현하는 방법이
다양하다는 것도 알게 되었지

그러다
점점 깨닫게 되었어

내가 표현을 하는 것보다

상대가
내 표현을 어떻게 느끼게 하느냐가

훨씬 더 중요하다는 걸

권리

어릴 때는

빨리 어른이 되고 싶어서
애어른처럼 행동했지

그러다
막상 어른이 되니

이게 정말 어른이 맞나 싶더라

신기하게도
나이는 계속 먹는데

분명히
어제보단 나아진 것 같은데

내가 아직도
멀었다는 생각만 자꾸 들더라

여전히 모르겠어
내가 언제쯤 어른이 될지

그래도 하나는 알았어

성장할 권리는
소년 소녀들에게만 있는 게 아니란 걸

애정

꽃이 당장
피지 않는다고 해서

피어 있던 꽃이
나비나 벌과 어울린다고 해서

꽃에 대한 애정이
사라지는 건 아니야

고양이가
나를 쳐다보지도 않는다고

손을 뻗을 때마다
자꾸 도망가 버린다고

고양이에 대한 애정이
식어버리는 것도 아니지

그저

그러려니 하면서
묵묵히 지켜보기만 할 뿐

어차피 난
그 자체를 애정하니까

호수

어느 날
잔잔한 호수를 보았어

멍하니 구경하다가
돌멩이 하나를 던져 보았지

은은하게 퍼지는
그 작은 물결은 의외로 너무 아름다웠어

그러던 어느 날
비바람이 유독 차갑게 불더라

그래도

호수를 좋아하던 난
전혀 개의치 않고 가까이 다가갔지

그런데

예전처럼 돌멩이를 던져봐도
전혀 티가 나지 않더라

그래서
점점 더 큰 돌들을 던지기 시작했지

그 순간 처음 보는
거센 물결이 다가오는 걸 봤어

무심결에 휩쓸린 나는
한동안 정신을 잃고 말았지

한참 후
다시 정신을 차려보니

그토록 좋아하던 호숫가가
무섭게 느껴지더라

덕분에
언제부턴가 다가가는 게 너무 힘들었어

완전히 **빠져서**
다시는 영영 나오지 못할까 봐

그래서

가끔 내리는 가냘픈 보슬비에도
소스라치게 놀라곤 했지

솔직히

여전히 무서워
그리고 아직도 모르겠어

어떻게 해야 예전처럼

잔잔한 호수를
마음 편히 바라볼 수 있을지

다짐

오늘도 다짐해

다정하게 인사하고
눈을 바라보며 웃어주고
살갑게 먼저 말을 걸어주자고

하지만
계속 마음 같지 않더라

내 다짐과는 달리

인사는커녕
고개를 반대로 돌리기나 하고

눈은
아예 쳐다보지도 못하고

태연한 척하지만
온몸이 목각 인형처럼 굳어 있고

말을 걸고 싶어도
자꾸만 입이 떨어지지 않아

그렇게
오늘도 후회하면서 또 다짐해

내일은 그러지 말자고

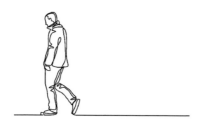

모순

다정하지만
냉정하기 짝이 없고

무심하지만
그 누구보다 배려심 많고

무덤덤해 보이지만
상처를 잘 받고

이기적이지만
남의 부탁을 외면하지 못하고

누군가를 믿고
마음을 여는 게 두렵지만

그래도 누군가가
나를 믿고 알아줬으면 하는

상처받는 건
겁이 나고 망설여지지만

그래도
사랑을 받고는 싶은

그래 맞아
우리 모두는 모순덩어리들

잘못

만약 누군가가
나에게 태도를 바꾼다면

그건
모두 내 잘못이야

결국 내가

그렇게 생각하고
그렇게 말하고
그렇게 행동한 후부터

나에 대한 태도가 달라진 거니까

언제부턴가
매일 잠들기 전마다

마법의 주문처럼
같은 말을 반복하곤 해

모든 건
전부 다 내 탓이라고

대신 간절히 바라

부디 내일엔
내가 태도를 바꿀 수 있기를

아픔

나밖에 모르던

그 예전엔
나만 아프다고 생각했어

그런데
시간이 지나고 돌이켜 보니

당연한 말이지만
나만 아픈 게 아니더라

그렇게 언제부턴가

신기하게도
굳이 헤아리려고 하지 않아도

다른 사람들의
아픔이 점점 느껴지더라

그제야 알았어

걸음이
많이 느리던 아이가

드디어
조금은 어른이 되었음을

배움

누군가가
너를 싫어한다 해도

너는
싫어할 필요가 전혀 없어

네가 보기에
그 누군가가 정말 아닌 것 같아도

굳이
멀리하려고 애쓸 필요도 없지

누군가가
정말 철없어 보여도

그를 비난할 필요도 없어

오히려
그런 사람들이 너의 참된 스승이거든

좋은 사람들에게
좋은 걸 배우는 것

그렇지 않은 이들에게서
뭔가를 깨닫는 것

전부 배움의 과정일 뿐

때

벚꽃이
만개하던 어느 날

그날따라 유독
바람이 심하게 불고 있었어

마치 꽃을
떨어뜨리려 하는 것처럼

그래서
애처롭게 그 꽃들을 바라보고 있었지

그런데 신기하게도
떨어지지 않고 계속 매달려 있더라

왠지
꽃들이 내게 말하는 것 같았어

아직은
떨어질 때가 아니라고

모든 건
정말 다 때가 있는 걸까

저 꽃들처럼
견디다 보면 나의 때가 올까

절정

뽐내듯이
피어나던 꽃들이 절정일 땐

미처 알지 못했어

그러다 시간이 흘러
그 꽃잎들이 스러지던 날

그제야
내 눈에 보이더라

작지만
푸른 잎을 준비하는 나무들이

덕분에 알게 되었지

내 주위의
누군가가 먼저 꽃을 피웠다고 해서

부러워할 필요가 없다는 걸

그저 나답게
묵묵히 내 인생의 절정을 위해

푸른 마음을
키워가면 되는 거더라

파랑새

여전히

오랫동안 품어 온
꿈을 쉽사리 말할 수가 없어

새처럼
날아가 버릴 것 같아서

마찬가지로

소중히 간직해 온
마음을 말하는 것도 무서워

인연을
영영 잃어버릴 것 같아서

그래도

마음속에 갇혀 있던 파랑새를
서서히 놓아주고자 해

태양을 향해
바다를 내려다보며

마음껏
비상하는 파랑새를 지켜보기 위해

헤맴

그동안
이곳저곳 헤매고 다녔어

그렇게
늘 착각하며 살았지

행복은

머나먼 미래의 어느 날
다가올 크나큰 기쁨일 거라고

그런데 아무리 노력해도
행복이 오질 않더라

그러다 우연히
작은 것도 감사해 하는 사람을 보았어

나의 작은 성의에도

진심으로
행복해하는 모습을 보면서

느끼게 되었지

이 세상엔
작지만 큰 행복도 있다는 걸

낯섦

갑자기
모든 게 낯설 게 느껴져

내 앞에 있는 부모님
내 주위에 있는 많은 인연들

내가 아끼는 물건들
나를 스쳐 지나가는 모든 것들이

문득
그런 생각이 자꾸 들어

언제까지
내가 이것들을 느낄 수 있을까

심지어 나 자신도
결국 세상에서 사라질 텐데

그렇게 생각하니
지금이 너무 소중하더라

정말 낯설게도
이제야 알게 되었지

소중한 것일수록
내 곁에 머무르고 있다는 걸

추억

예전엔
정말 몰랐어

첫 만남의 설렘
호기심에 가까워지던 친구

어릴 때 놀던 개울가
정겹게 웃으면서 나누던 대화들

서운함에 내뱉은 모진 말
본의 아니게 남에게 준 상처

돌이킬 수 없던 후회
아쉬움만 남았던 풋사랑

이 모든 일들이

영원히
잊을 수 없는 추억이 될 거라는 걸

그것도 모르고

바보같이
행복한 순간들은 금방 지나가고

불행한 나날들만이
반복된다며 불평하곤 했지

그러던 어느 날
벽에 걸린 시계를 보았어

내 속을
아는지 모르는지

무심하게도 나의 시간을
계속 추억으로 바꾸고 있더라

부모님과의 대화
가족과의 시간

좋아하는 사람들과의 기억
사랑하는 이와의 설렘

지금
나를 둘러싸고 있는

이 모든 순간들도
추억으로 아로새겨지겠지

이젠 매 순간
느끼고 또 느낄 거야

내 눈앞에서
나와 함께 하는 모든 사람들이

소중한 추억이라는 걸

느림

산책을 하다 보니
두 갈래 길이 나오더라

가파르지만 빠른 길
완만하지만 조금 느린 길

무작정
앞만 보며 걷던 시절이 있었지

그땐 정말 이상하더라

아무리 걸어도
도무지 끝이 보이질 않았으니까

그러다
지쳐 쓰러진 후에야 알았어

계속 걷기만 하느라
지나쳐버린 것들이 너무 많다는 걸

그래서 난
이젠 느리게 가고자 해

더 이상
내 주위를 놓치고 싶지 않으니까

인생

누가 그랬던가
인생을 알려면 식물을 키워 보라고

의미는 전혀 몰랐지만

엉겁결에
식물을 챙기는 사람이 되었지

처음엔

모든 식물들에게
똑같은 양의 물을 주곤 했어

다음 주

몇몇 식물들이
물을 뱉어내고 있더라

덕분에 알았어

그 식물들은
물을 덜 줘야 한다는 걸

몇 주 후

모든 식물들이
조금씩 메말라 있더라

그때 반성했지

요새
좀 많이 무심했나 보다

그래서 알게 되었어

너무
무관심해도 안 된다는 걸

그러던 중
많이 아파 보이던 식물 하나를 보았지

살리려고 기를 쓰고
세심하게 신경도 써봤지만

오히려 더 메말라가고
살아날 기미가 보이지 않더라

정말 속상했어

그 어떤
식물보다도 더 신경을 써줬으니까

갑자기 그런 생각도 들더라

내가 정말
꽃을 잘 키워낼 수 있는 사람일까 싶은

수없이 고민했었지

그냥 이대로
꽃을 포기해야 하는 걸까 하고

하지만
눈에 모습이 자꾸 밟혀서

매일 한숨만 쉬며
지켜보기만 하고 있었어

그러던 어느 날
신기한 광경들을 보게 되었지

몇 달이 넘도록
아무런 반응조차 없던

몇몇 식물들의
새순이 보란 듯이 자라고 있었거든

심지어 어떤 식물들은
새로운 꽃도 피우기 시작했어

그렇게 식물들이
나에게 말해주고 있더라

너는
꽃을 키워낼 자격이 있는 사람이라고

정답

때때로
정말 모르겠더라

어떻게
말하고 행동해야 할지

아마
나만 그런 건 아닐 거라고 믿어

고민을 계속 하다

문득 이렇게 생각해 봤어
오늘 행복하려면 어떻게 해야 할까

그러자
거짓말처럼 답을 알게 되었지

그저

꽃에 물을 주듯이
고양이에게 밥을 주듯이

무심하지만
따뜻하게 베풀다가 가는 것

그게 내 인생의 정답

마음

내 마음은
아무래도 상관없다고 생각했어

오히려
남의 마음이 더 중요하다고 믿었지

항상 궁금했어
날 어떻게 생각할까

그래서

눈치를 계속 보고
마음을 헤아리려고 애를 썼어

그런데
결국 달라지는 게 없더라

그래서 할 수 없이

지쳐버린
내 마음을 돌보기 시작했지

그러자
점점 신기한 걸 느꼈어

내 마음이 웃으니
다른 이들이 웃는 것처럼 보이고

내 마음이 즐거우니
다른 이들도 즐거운 것처럼 보였거든

반대로

내 마음이 지치면
다른 이들도 지친 것처럼 보이고

내 마음이 힘들면
다른 이들도 힘들어하는 것처럼 보였어

덕분에 알게 되었지

모든 게
내 마음에 따라 변한다는 걸

그래서 이젠

내 마음이
항상 행복하도록 보살펴 주려고 해

그러면
세상이 행복해질 테니까

진심

예전에 고모님이
이런 말씀을 하신 적이 있어

내가 힘든 이유는
진심이 아니기 때문이라고

정말 이해할 수 없었지

그 누구보다
내가 진심이라고 믿었기에

그런데 이상하게
진심이면 진심일수록

거짓말처럼
일이 잘 안 풀리고
점점 외로워지기만 하더라

영문도 모른 채

철없이
고모님을 원망하곤 했어

마치 내게 저주를 건
마녀를 탓하듯이

그런데
문득 돌이켜 보니

그때의 진심들이
어디론가 사라지고 없더라

덕분에

고모님의 말씀이
무슨 의미인지 알게 되었지

타인이 외면하는 진심은
결국 진심이 아니야

너가
아무리 진심이어도

상대방이
진심으로 받아들여야 하니까

그러니 다른 이들이

너의 마음을
진심이라고 느끼도록 해

그것이 진정한 마음

싹

언제인지도 몰라

어느새
정신을 차려보니 싹이 터 있더라

물론
한동안 아무 변화가 없었지

그래서 모르고 있었어

아마 너도
당장은 모를 거야

설령 마음에 싹이 튼다 해도
한참 뒤에 알지도 몰라

그래도 만약
너의 마음에 싹이 튼다면

새순이 되어 성장하고
꽃이 피고 열매가 맺을 때까지

소중하게 키워줄게

그러니 계속 지켜봐 줘
내 마음의 싹을

인연

태어나면
우린 누군가와 이어져

그렇게 믿곤 하지

나의 인연은
줄곧 이어져 있을 거라고

그런데
시간이 지나고 나니

몇몇 인연들은
어느새 끊어져 있더라

특히
영영 끊어져서

다신 이어질 수 없는
마음 아픈 인연들도 있었지

덕분에
눈물로 비관하곤 했어

만나도 헤어지고
이어져도 끊어지는 것이

인연이라고

소나기처럼
격정적인 인연도 있었고

햇살처럼
포근한 인연도 있었지

유독 더
가까워지는 인연도 있었어

마치 원래부터
이어져 있었던 것처럼

그러다 알게 되었지

멀어져도
끊어지지 않는 인연이 있음을

인연이라면

무슨 일이 생겨도
결국 다시 이어질 것이고

인연이 아니라면

아무리 애써도
결국 멀어지고 말 거야

그래서 난 믿어
우린 인연일 거라고

오늘

오늘이
내 인생 마지막 날이라면

내 주위에
사랑을 나눠줄 거야

왜냐하면

우리는
사랑스러운 사람들이고

사랑을 받을 만한 사람들이고

소중한 인연 덕에
지금 함께하고 있으니까

우린 이미
그 자체로 충분해

그러니

서로 사랑을 나누며
행복하게 웃기만 했으면 좋겠어

내가
오늘 바라는 건 그것뿐

이야기

정말 궁금해

오늘은
무슨 일들이 생길까

누굴 만나고
인사를 나누며 더 친해질까

내 주위의
풍경은 어떻게 변할까

예전엔
너무 무서웠지

혹여나
이 이야기의 결말이 비극일까 봐

하지만 이젠 알아

나의 이야기는
생각한 대로 흘러간다는 걸

그래서 기왕이면
행복한 상상을 하곤 해

그러면
해피엔딩일 테니까

꽃길

어릴 땐
내가 꽃길만 걸을 줄 알았어

그런데 걷다 보니

나도 모르게
가시밭길을 걷고 있더라

이미 떨어져 있는

꽃잎들을
밟으면서 걷던 날도 있었지

그래서
한땐 의심을 하기도 했어

과연 내게도
꽃길을 걸을 날이 올까 하는

그러던 어느 날

내가 지나온 모든 길이
꽃길이었다는 걸 알게 되었지

왜냐하면
나 자체가 꽃이니까

향기

너는
어떤 사람이 되고 싶니

나는

보기만 해도
절로 미소가 지어지고

한 번만 스쳐도
잊을 수 없을 만큼 다정하고

말 하나 몸짓 하나

귀티가 나고
행복의 기운이 넘쳐서

고개를 돌려

계속 쳐다보고 싶을 만큼
한없이 사랑스러운

그런

향기를 지닌
사람이 되고 싶어

Epilogue

우연히
보랏빛 꽃을 키우게 되었다

그 꽃이 언제
피고 질지는 잘 모른다

그걸 정하는 건
내가 아니라 꽃이기 때문

그래서 난
꽃이 피든 피지 않든

그저 오늘도
잊지 않고 묵묵히 물을 주는 것

그것 말곤
할 수 있는 게 없었다

그래도 난
계속 그냥 물을 줄 것이다

왜냐하면
그 보랏빛 꽃을 좋아하니까

아니 사랑하니까

철 부 지

펴 낸 날 2022년 8월 22일

지 은 이 Padori
펴 낸 이 이기성
편집팀장 이윤숙
기획편집 윤가영, 이지희, 서해주
표지디자인 윤가영
책임마케팅 강보현, 김성욱
펴 낸 곳 도서출판 생각나눔
출판등록 제 2018-000288호
주   소 서울 잔다리로7안길 22, 태성빌딩 3층
전   화 02-325-5100
팩   스 02-325-5101
홈페이지 www.생각나눔.kr
이 메 일 bookmain@think-book.com

• 책값은 표지 뒷면에 표기되어 있습니다.
ISBN   979-11-7048-434-9(03810)